De allesdief

Paul van Loon
Sam Schoffel
Meester-speurder
De allesdief

tekeningen van Jan Jutte

Zwijsen

AVI 3

7 8 9 10 / 05 04 03 02

ISBN 90.276.2871.8
NUGI 260/220

© 1993 Tekst: Paul van Loon
Omslag en illustraties: Jan Jutte
Uitgeverij Zwijsen Algemeen B.V. Tilburg

Voor België:
Uitgeverij Infoboek N.V. Meerhout
D/1993/1919/43

STICHTING NEDERLANDSE
KINDERJURY
1994

Inhoud

Vreemde zaken

Speurders maken vreemde zaken mee.
Ik ben een speurder.
Ik maak vreemde zaken mee.
Samanta Schoffel is mijn naam.
Zeg maar Sam.
Heb je een probleem.
Roep dan Sam Schoffel, de
meester-speurder.
Ik ben niet duur.
Voor twee repen los ik je probleem op.

Vreemde zaken, dus.
Laatst liep ik mijn kantoor uit.
Het was een mooie dag.
Zon, blauwe lucht, gefluit van vogels.
Geen dag voor vreemde zaken, dacht ik.
Voor het tuinhek zat een rode kat.
Ik hou van katten.
Zachtjes aaide ik hem.
„Pr, pr," deed de kat.

Toen klonk er een kreet.
De kat schrok en rende weg.

De kreet kwam van de buurvrouw.
Ze stond met een boos gezicht in de tuin.
„Wat is er, buurvrouw?" vroeg ik.
„Mijn washandjes," zei de buurvrouw.
„Mijn mooie witte washandjes.
Ze hingen aan de lijn.
Maar nu niet meer.
Iemand heeft ze gestolen."
Ik trok een wenkbrauw op.
„Raar!
Wie steelt er nu washandjes."
De buurvrouw haalde haar schouders
op.
„Ik weet het niet, Samanta.
Maar ik vind het wel stom."
Dit is een vreemde zaak, dacht ik.
Een zaak voor Sam Schoffel.
„Maak u geen zorgen, buurvrouw," zei
ik.
„Ik zoek deze zaak uit."

„Hmm, fijn, Samanta," zei de
buurvrouw.
Ze liep haar huis in.
Gelooft ze mij niet? dacht ik.
Weet ze dan niet hoe goed ik ben?

Peinzend liep ik de straat in.
Om de hoek kwam Floor.
Ze riep me al van ver.
„Sam, Sam, een misdaad!"
Alweer? dacht ik.
En het is pas ochtend.

Hijgend stond Floor voor me.
„Sam, ik zoek je al de hele dag," zei ze.
„Het is pas negen uur, Floor", zei ik.
„Ik ben net op."
„O," zei Floor.
„Maar ik zoek je al vanaf vijf voor
negen.
Er is een diefstal gepleegd."
„Zo, waar dan?"
„Bij ons," zei Floor.

„De armband van mijn moeder is weg.
Hij lag op het aanrecht.
Het is een heel dure, van echt goud."
„Was het raam open?" vroeg ik.
„Welk raam?" zei Floor.
„Het raam van de keuken, sufkop."
Floor dacht na.
„Ik geloof van wel."
„Stom," zei ik.
„Laat nooit het raam open.
Boeven zijn dol op open ramen.
Vooral als er een armband op het
aanrecht ligt."
Ik zuchtte eens.
„Maar goed, Floor.
Ik ga op zoek naar die armband.
Dat kost je wel twee repen.
Eén reep vooraf.
En ééntje als de zaak opgelost is."

Floor liep naar huis.
Tjonge, wat een drukke dag, dacht ik.
Al twee vreemde zaken.

Eerst de zaak van de witte washandjes.
En nu de zaak van de armband.
En het is pas vijf over negen.

Achter mij klonken voetstappen.
„Sam, wacht," riep iemand.
Het was Joost.
Hij had zijn rode haar nog niet gekamd.
„Er is iets ergs gebeurd, Sam.
Het vliegtuig van mijn vader is gestolen!"
Oh, nee, dacht ik.

Nog meer vreemde zaken

Ik keek Joost met grote ogen aan.
„Zeg dat nog eens, Joost.
Wat is er gestolen?"
„Mijn vaders vliegtuig," zei Joost.
„Wil jij het zoeken?"
Ik zuchtte en keek omhoog.
De lucht was blauw.
Nergens een vliegtuig te zien.
„Ben je gek, Joost," zei ik.
„Waar moet ik een vliegtuig zoeken?
Misschien vliegt het nu al boven China."
„Uh, Sam," zei Joost.
„Het is geen echt vliegtuig hoor.
Het is een model, een kleintje.
Mijn vader heeft het zelf gebouwd."
Ik krabde me onder mijn hoed.
„Vooruit dan, Joost.
Ik heb het heel erg druk.
Maar een klein vliegtuig kan er nog wel
bij.

Het kost je twee repen.
Eéntje vooraf, graag."
„Oké," zei Joost.
Hij ging naar huis, een reep halen.

Wat een dag.
Nu had ik al drie vreemde zaken.
De zaak van de witte washandjes.
De zaak van de armband.
En de zaak van het vliegtuig.
Dat is meer dan genoeg, dacht ik.
Zelfs voor een meester-speurder.

Ik liep terug naar mijn kantoor.
Bij de deur stond Vera Prima.
„Dag Vera," zei ik.
„Wat is er aan de hand?"
Vera is een vreemd meisje.
Ze heeft thuis een glazen bol.
Daarin ziet ze de toekomst, zegt ze.
Ik geloof daar niets van.
Ze heeft ook slakken in een glazen bak.
En een slang die Wurgje heet.

Beetje maf, hè.

„Sam, ik ben beroofd," zei Vera.

„Iemand heeft mijn kaarsen gepikt."

„Kijk eens in je glazen bol," zei ik.

„Misschien zie je de dader daarin."

„Doe niet zo flauw," zei Vera.

„Kun jij me helpen?"

Ik zuchtte weer heel diep.

Ik had het al zo druk.

Toen rende Jaap het tuinpad op.

„Sam, Sam, help.

De fopspeen van mijn broertje is
gestolen."

Dit wordt te gek, dacht ik.

Het lijkt wel Dievendag vandaag.

Ik keek Vera en Jaap aan.

„Oké, geen paniek", zei ik.

„Luister.

Jullie gaan Joost en Floor halen.

Kom dan naar mijn kantoor.

Breng allemaal alvast een reep mee."

Vera en Jaap gingen weg.

Ik ging op het muurtje zitten.
„Miauw," hoorde ik.
Daar was de rode kat weer.
Ik aaide zijn vacht.
„Dag, kat, ik moet aan het werk."
Hij ging lekker in de zon liggen.
Ik niet.
Ik ging nadenken, in mijn kantoor.

Een wat?

Er werd op mijn deur geklopt.
Floor, Joost, Jaap en Vera Prima
kwamen binnen.
Allemaal legden ze een reep op mijn
tafel.
Het was warm in mijn kantoor.
Ik deed het raam open.
„Sam, wat is er nu aan de hand?" zei
Floor.

„Ga zitten," zei ik.
„Luister.
Er is iets vreemds aan de hand.
Jullie zijn allemaal iets kwijt.
Kaarsen, een armband, een fopspeen,
een vliegtuig.
En de buurvrouw mist haar washandjes.

Vandaag moet ik vijf vreemde zaken
oplossen."
„Tjonge," zei Jaap.
„Precies," zei ik, „dat dacht ik ook.
Zoveel vreemde zaken op een dag.

Dat kan haast niet.

Die zaken hebben vast met elkaar te maken.

Ik wed dat er maar één dief is."

„Wat een rare dief," zei Joost.

„Wie steelt er nu een fopspeen.

En wat moet hij met washandjes."

„Dat is de grote vraag," zei ik.

„Waarom steelt hij Vera's kaarsen?

En wat heeft hij aan een vliegtuigje?

Alleen de armband is geld waard."

Ik pakte een reep van mijn tafel.

Ernstig keek ik mijn vrienden aan.

„Wij hebben te maken met een ALLESDIEF!"

„Een wat?" riep Jaap.

Ik nam een hap van de reep.

„Een allesdief.

Een dief die alles steelt.

Dure dingen van zilver, of goud.

Maar ook veters, oude schoenen, petten.

Noem maar op.
Niets is veilig voor een allesdief.
Hij pakt wat hij pakken kan."
„Mooi is dat," zei Vera Prima.
„En wat ga jij daar aan doen?
Jij bent de speurder.
Straks steelt die dief mijn slang nog."
„Of mijn kladblok," zei Joost.
„Of mijn onderbroek," riep Jaap.
„Hè, bah," zei Floor.
Ik stond op.
„Maak je niet druk.
Zorg dat je deur op slot is.
Laat geen ramen open staan.
Ik zorg voor de rest."

Floor, Jaap, Joost en Vera stonden op.
Ik liep met ze mee naar de voordeur.
„Geen zorgen, jongens," zei ik.
„Sam Schoffel werkt nu aan deze
zaak."
Ik liep terug, mijn kantoor in.
Daar kreeg ik een grote schok.

Mijn hoed was weg.
Het raam stond wijd open.

Een schaduw

Woest was ik.
Ik, Sam Schoffel, was bestolen.
In mijn eigen kantoor nog wel.
Van woede at ik twee repen op.
Toen trok ik mijn jas aan.
Zonder hoed op holde ik de deur uit.
Ik keek links.
Ik keek rechts.
Er was geen kip te zien.
De dief was al lang gevlucht.
Wel zag ik de buurvrouw.
Ze was haar bloemperk aan het harken.
„Hebt u hem gezien?" vroeg ik.
„Wie?"
„De allesdief."
„Wie is dat?" vroeg ze verbaasd.
„De dief van uw washandjes," zei ik.
„Hij heeft zojuist mijn hoed geroofd.
Maar ik ga hem vangen.
En dan krijg ik twee repen van u."

„O ja?" zei ze verbaasd.
Ze keek mij aan of ik gek was.

Ik had geen tijd om het uit te leggen.
Mijn scherpe oog zag iets.
Sam Schoffel heeft ogen als een arend.
Achter de buurvrouw stond een boom.
En achter die boom stond iemand.
Ik zag zijn schaduw.
Iemand met een hoed.
Die hoed leek erg op mijn hoed.
„Sst," zei ik tegen de buurvrouw.
Ik wees naar de boom.
Verbaasd draaide de buurvrouw zich om.
„Wat...?" zei ze.
Maar ik rende al langs haar.
„Kom hier, dief," riep ik.
„Schurk die je bent.
Geef mijn hoed terug, vlerk."
Iemand stapte achter de boom vandaan.
Hij had een schop in zijn hand.
Op zijn hoofd stond een hoed.
Maar dat was niet mijn hoed.

Het was de buurman.
Hij keek mij streng aan.
„Had je het tegen mij, Samanta?"
„Hoe durf jij zo te schelden!"
Ik werd rood tot aan mijn enkels.
„Uh, uh, nee, buurman.
Ik dacht dat daar iemand anders stond."
Toen rende ik vlug mijn kantoor in.
De buurman keek mij boos na.

Ik had me vergist.
Dat overkomt zelfs de beste speurder
wel eens.
In de schaduw lijken alle hoeden op
elkaar.
Wat moest ik nu doen?
Ik had geen enkel spoor van de dief.
Er zat maar één ding op: een struik!
In een struik ziet niemand je.
Ik verstop me in een struik, dacht ik.
Dan wacht ik tot de dief verschijnt.
Hij komt vast weer terug.
Een allesdief heeft nooit genoeg.

Ik zocht een dichte struik uit.
Daar kroop ik in.
Niemand kon mij zien.
Maar ik kon de hele straat zien.

Een hele poos zat ik in de struik.
Er gebeurde niets.
Ik kreeg honger en at nog een reep.
Zonder mijn hoed voelde ik me alleen.
In een struik kan het heel eenzaam zijn.
Plots voelde ik iets zachts.
„Pr, pr," hoorde ik.
Het was de rode kat.
Hij wreef zijn kopje tegen mijn been.
„Dag kat," zei ik.
„Heb jij de dief niet gezien?
Kon jij maar praten."
„Pr, pr," deed de kat.
Toen hoorde ik stemmen.

„Sst, kat," zei ik.
Ik loerde naar de straat.
Er kwamen twee mannen aan.

Zo'n gek stel had ik nog nooit gezien.

Ze zagen er heel verdacht uit.

De ene was dik.

Hij droeg een zwarte jas.

En een zwarte hoed.

De andere was klein en dun.

Hij droeg een sok over zijn hoofd.

Samen droegen ze een ladder.

„Miauw," deed de kat.

„Sst," siste ik.

De dikke man keek naar mijn struik.

Maar hij zag mij niet.

„Kom op, Loodje, aan de slag," zei hij.

Ze zetten de ladder onder een raam.

„Moet ik echt erop, Bos?" zei de kleine.

„Zeur niet," zei de dikke.

„Deze keer is het jouw beurt."

„Maar het is zo hoog," zei de kleine.

De dikke gaf hem een duw.

„Zanik niet, Loodje.

Wij pakken alles aan."

Ha, dacht ik, ALLES.

Zij zijn het!
Twee allesdieven.

Betrapt

De kleine klom op de ladder.
„Hou de ladder vast," riep hij.
„Dat ding wiebelt heel eng."
„Je vergeet wat, Loodje," zei de dikke.
„De emmer."
Zie je wel, dacht ik.
Nu weet ik het zeker.
In de emmer gaan de gestolen spullen.

Ik sprong uit de struik.
„Betrapt!" riep ik.
„Jullie zijn er gloeiend bij."
De dikke schrok zich te pletter.
Hij liet de ladder los.
De kleine gaf een schreeuw van schrik.
Toen viel de ladder om.
Hij viel in mijn richting.
Ik sprong gauw opzij.
De kat rende hard weg.
Net op tijd.

De kleine vloog over mijn hoofd.
Met een smak viel hij in de struik.

De dikke man kwam op mij af.
„Wat moet jij van ons?" zei hij.
„Wie ben jij?"
Ik keek hem stoer in zijn gezicht.
„Sam Schoffel, meester-speurder.
Jullie zijn erbij, boeven."
„Boeven?" brulde de dikke.
„Probeer jij ons te pesten?"
Uit de struik dook de kleine op.
De sok zat scheef over zijn hoofd.
„Boeven," zei hij.
„Was dat maar waar!
Wij zijn alleen maar glazenwassers."
Toen begon hij te huilen.

Ik snapte er niks meer van.
De twee zagen er opeens heel zielig uit.
„Wacht eens," zei ik.
„Ik ken jullie.
Jullie zijn Bos en Loodje.

Nu weet ik het weer.
Er bestaat een boek over jullie.
Het heet: Bijna-boeven.
Op school hebben wij dat."
„Dat boek is een ramp," zei Bos.
„Ons geheim wordt daarin verklapt."
„Wat dan?" vroeg ik.
„Dat wij mislukt zijn als boeven," snikte
Loodje.
„Wij zijn nu glazenwassers.
Dat is een schande voor ons."

Ik had me dus vergist.

„Het spijt me," zei ik.

„Een foutje van de meester-speurder.
Maar ik heb nog een vraag."

„Wat?" zei Bos boos.

„Waarom draagt Loodje een sok over
zijn hoofd?"

„Dat is toch simpel," zei Bos.

„Hij heeft drie sokken en maar twee
voeten."

„O," zei ik.

Die twee waren gek.

Ik groette hen en liep gauw weg.

Wat nu? dacht ik.

Hoe vind ik die allesdief?

Ik klopte op mijn hoofd.

„Word wakker, hersens.
Verzin een plan."

Het duurde even.

Toen kreeg ik een super idee.

Een val! Ik moest een val zetten.

„Schoffel, je bent een meester," zei ik.

Een val

Snel liep ik terug naar mijn kantoor.
Voor een val heb je iets nodig.
Iets waar een dief op afkomt.
Ik wist al wat.
Mijn klokje.
Het is een oud klokje, met een ketting.
Alle grote speurders hebben zo'n ding.
Mijn klokje is een erfstuk.
Het is van mijn oma geweest.
Ik haalde het klokje uit mijn kantoor.
Buiten legde ik het op de stoep.
Zelf ging ik achter de heg liggen.
En nu maar wachten.

Er klonken voetstappen.
Daar kwam iemand aan.
Zou dat de dief zijn?
Zachtjes kroop ik naar voren.
Ik gluurde om de hoek van de heg.
Het was Floor.

Ze bleef staan en bukte zich.

„Hé, wat een mooi klokje," zei ze.

„Laat liggen, Floor," siste ik.

Floor schrok en werd wit.

„Wie zei dat?"

Ze had een bibber in haar stem.

„Ik ben het, Sam."

„Waar ben je dan?" vroeg Floor.

„Ik zie je niet."

„Ik heb me verstopt," fluisterde ik.
„Dat klokje is een val voor de dief.
Loop snel door en kijk niet om."
Floor vond het maar eng.
Ze maakte dat ze wegkwam.
Poeh, dat scheelde niet veel.
Bijna had Floor mijn val verpest.

Een hele poos gebeurde er niets.
Ik gluurde weer om de heg.
Het klokje lag er nog.
Er was geen mens te zien.
Maar daar kwam de rode kat aan.
Hij keek naar het klokje.
Hij rook eraan.
„Psst, kat, ga weg," zei ik zacht.
Ik ritselde met de heg.
De kat schrok en schoot weg.

Wanneer komt die dief nou? dacht ik.
Er kwam geen dief.
Wel was er opeens een hond.
Hij liep naar het klokje.

Hij tilde zijn poot op.
„Niet doen, hond!" riep ik.
Maar het was te laat.
„Mijn klokje!" riep ik.
De hond rende weg.
Mijn klokje lag in een grote plas.

Wat een ramp! dacht ik.
Alles zit tegen vandaag.
Méér pech kan haast niet.
Over het tuinpad kwam Ulf aan.
Ulf is mijn broertje.
Hij reed op een driewieler.
„Ik ben een sjofeur," riep hij.
Met een vaart reed hij langs mij.
Hij suisde de stoep op.

„Ulf, kijk uit!" riep ik.
„Daar ligt mijn..."
Ik hoorde gekraak en kneep mijn ogen
dicht.
„...klokje."
Ik kon wel huilen.
Maar een meester-speurder huilt nooit.
Mijn klokje was kapot.
Er lagen stukjes glas, veertjes en
wijzertjes.
Ulf wees ernaar en lachte.
„Klok kapot," zei hij.

Wat voelde ik me rot.
Mijn hoed weg, mijn klokje kapot.
De buurman boos, mijn val mislukt.
En ik had de allesdief nog steeds niet.
Het leven kan hard zijn voor een
speurder.
Somber sjokte ik door de straat.
Het zag er niet best uit.
Ik kwam langs het huis van Joost.
Joost zat op de stoep.

„Hé, Sam," zei hij.

„Heb je het vliegtuig al gevonden?"

„Nog niet," zei ik.

Joost trok een lelijk gezicht.

„Zorg maar dat je het vindt, hoor.

Ik heb je al één reep betaald."

Ook dat nog, dacht ik.

De klanten worden lastig.

Er streek iets zachts langs mijn been.

Het was de rode kat weer.

„Van wie is die kat toch?" zei ik.

„Het is een lief beest.

Maar hij loopt mij steeds in de weg."

„Dat is Rolf," zei Joost.

„Rolf is de kat van mijn tante.

Hij logeert nu bij mij.

Mijn tante werkt in een circus.

Rolf doet kunstjes met haar.

Hij kan doodliggen.

Hij kan over een koord lopen.

Hij kan zelf eten in zijn bakje doen.

En nog veel meer."

„Leuk," zei ik.

„Wil je een paar kunstjes zien?" vroeg
Joost.

„Nee, dank je," zei ik.

„Geen tijd. Ik moet een dief vangen."

Ik liep verder door de straat.

Mijn ogen keken naar de grond.

„Hé, Sam de speurhond," zei iemand.

Ik kende die stem.

Oh nee, Bob de Baas, dacht ik.

Bob de Baas is een grote jongen.

Alles aan hem is groot.

Maar zijn mond is het grootste.

„Nog lekker gespeurd vandaag, Sam?"
vroeg hij.

„Ga iemand anders pesten," zei ik.

„Ik heb het druk met een zaak."

„Echt waar?" zei Bob.

„Nou, ik heb het ook druk met een
zaak.

Een zeer geheime zaak."

„O ja? Wat dan?" vroeg ik.

Bob grijnsde.

„Gaat jou niks aan, wijsneus.

Ik zeg toch dat het geheim is.”

Hij stak zijn tong uit en liep verder.

Ik keek hem na.

Toen zag ik wat.

Er blonk iets aan zijn pols.

Een armband!

Het geheim van Bob de Baas

Hebbes! dacht ik.
Daar gaat de allesdief.
Ik zette mijn kraag hoog op.
Stil sloop ik achter Bob aan.
Hij liep de straat uit.
Aan het eind ging hij rechtsaf.
Ik gluurde om de hoek.
Bob stond voor een schutting.
Hij keek om zich heen.
Toen duwde hij een plank los.
Hij stapte door het gat.
Weg was Bob.

Ik rende naar de schutting toe.
Het gat was dicht.
De plank zat weer op zijn plaats.
Ik legde mijn oor tegen de schutting.
Bob stond aan de andere kant.
Ik hoorde zijn stem.
„Ha, een hoed!" zei hij.

Ik nam een aanloop.

Toen rende ik op de schutting af.

Mijn schouder bonkte tegen de losse plank.

De plank schoot naar binnen.

Ik vloog dwars door de schutting.

Achter de schutting was hoog gras.

Daar viel ik met mijn neus in.

Toen ik opkeek, zag ik Bob.

Hij hield een doos in zijn armen.

Op zijn hoofd stond mijn hoed.

Bob schrok zich een rotje.

„Wat doe jij hier?" vroeg hij.

Ik klopte het gras van mijn jas.

„Je bent erbij, Bob.

Dus dit is jouw geheim.

Jij bent de allesdief."

Bob liet de doos uit zijn handen vallen.

De doos zat vol met spullen.

Een asbak, een ring, een handdoek.

Maar ik zag ook kaarsen.

En een fopspeen.

Onderin lagen twee witte washandjes.

Bob werd rood.
„Ik ben geen dief," zei hij.
„O nee?" zei ik.
„Die hoed op jouw hoofd is van mij."
Ik wees naar de armband.
„Die is van Floors moeder."
Ik liep naar de doos.
„Deze doos zit vol gestolen spullen.
De fopspeen van Jaap zijn broertje.
Kaarsen van Vera Prima.
Washandjes van onze buurvrouw."

Ik keek Bob dreigend aan.
„Nou, wat heb je te zeggen?"
Bob werd nu wit.
„Ik weet het echt niet, Sam.
Ik heb niks gestolen.
Eerlijk waar.
Deze doos heb ik pas ontdekt.
Hij stond hier, achter de schutting.
Er zat van alles in.

Eerst een vliegtuigje.
Dat staat nu op mijn kamer.
Vanmorgen vond ik een armband in de
doos.
Er komen steeds meer spullen bij.
Iemand ruimt zijn huis op, dacht ik.
Ze gooien oude rommel weg.
Wat ik leuk vind, neem ik mee."

Ik mag Bob de Baas niet.
Hij is een pestkop en een klier.
Maar hij loog niet.
Dat zag ik aan zijn gezicht.
„Stom, Bob," zei ik.
„Mijn hoed is geen rommel.
En die armband ook niet.
Het vliegtuig is van Joost zijn vader.
Deze spullen zijn gestolen."
Bob haalde zijn schouders op.
Hij gaf mijn hoed terug.
Fijn, mijn hoed weer op mijn hoofd.
„Wat doen we nou, Sam?"
„Ik ga sporen zoeken," zei ik.

Ik haalde mijn vergrootglas uit mijn zak.

Door het glas loerde ik in de doos.

„Aha."

„Zie je wat?" zei Bob.

„Haren," zei ik.

„Haren?"

Ik knikte en stond op.

„Ziezo, het is voor mekaar.

Ik weet wie de dader is."

Bob staarde mij met grote ogen aan.

„Kun jij dat aan haren zien?"

Ik knikte.

„Ik wel.

Ik ben een meester-speurder."

„Wat voor haren zijn het dan?" vroeg Bob.

„Dat is mijn geheim," zei ik.

„Ga jij dat vliegtuig maar halen.

En leg die armband terug in de doos."

De allesdief

Bob de Baas was naar huis.
Ik zette de doos op zijn plaats.
Toen verstopte ik me in het hoge gras.
Het was doodstil.
Ik wachtte en wachtte.
Mijn maag knorde.
Ik had zin in een reep.
En ik kreeg kramp in mijn been.
Maar ik bleef wachten.
Ten slotte werd mijn wachten beloond.
Daar was de allesdief.

Hij klom door het gat in de schutting.
Hij had weer iets bij zich.
Een paar sokken.
Ik kende die sokken.
Ze waren van mijn zus Amanda.
De dief sloop naar de doos.
Hij legde de sokken erin.
Toen sprong ik op hem af.

„Ik heb je," riep ik.

De dief schrok van mij.

Met twee handen greep ik hem beet.

Hij vocht om los te komen.

Maar ik liet hem niet gaan.

Sam Schoffel is sterk als een beer.

„Mee naar mijn kantoor, jongetje," zei
ik.

„Je kunt niet meer ontsnappen."

Heel veel repen

Ik zat weer in mijn kantoor.
Mijn hoed hing aan de kapstok.
Ik belde Floor op.
„Floor, kom naar mij toe.
Haal Jaap en Joost en Vera op.
Ik heb de allesdief te pakken.
En breng allemaal nog een reep mee."
„O, Sam, wat goed," gilde Floor.
„Wie is het en hoe..."
„Straks," zei ik.
„Kom eerst maar hier naartoe.
Vergeet de repen niet."

Binnen een kwartier waren ze er
allemaal.
„Wie is de dief?" riep Floor.
„Waar is hij?" zei Jaap.
„Heb je mijn kaarsen?" zei Vera Prima.
„En het vliegtuig?" vroeg Joost.
„Stil, ga zitten," zei ik.

Midden op mijn tafel stond de doos.
„Daar zit alles in," zei ik.
„Waar is de dief?" vroeg Vera Prima.
„De dief zit ook in de doos," zei ik.
„Wat?" riep Joost.

Ik lachte en maakte de doos open.
Verbaasd keken ze erin.
In de doos lag Rolf, de rode kat.
Hij lag te slapen op de spullen.

Vera Prima slaakte een kreet.
Floor keek mij boos aan.
„Hou jij ons voor de gek, Sam?"
Ik schudde mijn hoofd.
„Nee hoor, Floor. ·
Rolf is de kat van Joost zijn tante.
Hij is de allesdief.
Rolf is een heel knappe kat.
Hij doet kunstjes in het circus.
Dat heeft Joost mij zelf verteld.
Eerst dacht ik helemaal niet aan hem.
Maar toen vond ik haren in die doos.
Rode haren van een kat."

Joost stond op.
„Dat klopt," zei hij.
„In het circus doet Rolf dit elke dag.
Hij haalt spullen op uit het publiek.
Een zakdoek, een pet, een zakmes.
Die spullen legt hij netjes in een doos.
Alle mensen klappen dan voor hem.
Waarom heb ik daar niet aan gedacht!"
Ik snoof een keertje.

„Omdat jij geen speurder bent, Joost."
Floor aaide de rode kat.
„Arme Rolf," zei ze.
„Hij mist het circus vast heel erg."

Daarmee was deze zaak opgelost.
Iedereen had zijn spullen terug.
Alleen Joost keek sip.
„Het vliegtuig zit er niet bij," zei hij.
Toen werd er op de deur geklopt.
Bob de Baas kwam binnen.
„Hier is het vliegtuig," zei hij.
„Ik heb er heus niks mee gedaan."
Hij gaf het vliegtuig aan Joost.
Daarna ging hij snel weer weg.
Joost was dolblij.
„Wat heeft Bob hiermee te maken?" zei
Floor.
„Dat is een lang verhaal," zei ik.
„Bob is niet zo kwaad.
Dankzij hem heb ik de doos gevonden.
Maar nu heb ik zin in vier repen."
Ik stak mijn hand uit.

Later ging ik naar de buurvrouw.
„Hier zijn uw washandjes," zei ik.
Ze keek mij verbaasd aan.
„Tjonge, Samanta, wat goed.
Heb jij ze gevonden?"
Ik knikte.

Ze dacht even na.
„Dus nu krijg jij twee repen van mij.
Wacht maar.
Ik zal ze even halen."
„Dat hoeft echt niet," zei ik.
„Wat is er, Samanta?"
zei de buurvrouw.
„Je ziet zo wit."
„Dat komt door de repen," kreunde ik.
„Ik heb er al acht op.
Ik kan geen reep meer zien."
„Een gebakje dan?"
zei de buurvrouw.
„Van chocola, met veel slagroom."
Ik sloeg mijn hand voor mijn mond.
Toen boog ik me naar voren.

„Sam toch," riep de buurvrouw.
„Niet op mijn bloemperk."

Nou ja.
Zoiets overkomt de beste speurder wel
eens.

Andere boeiende Bizonboeken

Paul van Loon
Sam Schoffel Meester-speurder
Schildpad ontvoerd
Op een dag is de schildpad
van Floor verdwenen.
Er is maar één persoon
die haar kan helpen: Sam Schoffel, de
meester-speurder.
Zij weet alles van diefstal, moord en
vermist speelgoed.
En zij los elke zaak op.
„Dit ruikt naar ontvoering," zegt Sam
Schoffel.
„Maar ik zal de schildpad vinden!
Of mijn naam is geen Sam Schoffel,
meester-speurder!"

Paul van Loon

Sam Schoffel Meester-speurder

Baby geroofd

In het park raakt Jaap
de kinderwagen kwijt.
Dat is erg, want zijn
broertje lag erin.

Jaap is ten einde raad.
Gelukkig krijgt hij hulp.
Van niemand minder dan Sam Schoffel,
de meester-speurder.
„Denk je dat je mijn broertje kunt
vinden?" vraagt Jaap.
„Wat een domme vraag," zegt Sam.
„Sam Schoffel lost elke zaak op!"

Rindert Kromhout

Erge Ellie en nare Nellie

Daar heb je de tweeling
Smit!
Erge Ellie en nare Nellie.
Wat zijn ze gemeen.
Wat zijn ze vals.
Ze slaan, ze schoppen.
Ze krabben, ze bijten.
De hele buurt is bang voor ze.
Dat kan zo niet langer doorgaan.
Er moet een einde aan komen.
Maar hoe?